成語真有趣
圖解100例

商務印書館

成語真有趣 —— 圖解100例

文字編著：毛永波　楊克惠　譚玉

繪　　圖：張曉帆

出　　版：商務印書館 (香港) 有限公司
　　　　　香港筲箕灣耀興道 3 號東滙廣場 8 樓
　　　　　http://www.commercialpress.com.hk

發　　行：香港聯合書刊物流有限公司
　　　　　香港新界荃灣德士古道 220-248 號荃灣工業中心 16 樓

印　　刷：中華商務彩色印刷有限公司
　　　　　香港新界大埔汀麗路 36 號中華商務印刷大廈 14 字樓

版　　次：2024 年 11 月第 1 版第 7 次印刷
　　　　　© 2011 商務印書館 (香港) 有限公司
　　　　　ISBN 978 962 07 0316 4
　　　　　Printed in Hong Kong

出版説明

　　成語大多都有其歷史來源，具有豐富的文化內涵。因為言詞簡練，表情達意，富有感染力，所以成語生命力很長，到今天依然活力旺盛。説話、寫文章若是能巧用成語，只短短四字，即可把心中的萬語千言，表達得清清楚楚，使平淡的語句頓然生輝出彩。

　　如何學習掌握成語，如何把遙遠的過去跟五光十色的現代生活結合起來？本書即是一個新嘗試，以全新的戲劇編創手法，把成語編寫成趣味小故事，故事的背景就是現代的生活，故事的主角就是你我、朋友、家長等等。這些故事不同於古代故事典故，而是取材自活生生的現實，從這裏可以看到都市人的喜怒哀樂，看到成長中的快樂和煩惱，看到身邊人物的影子。本書變古老的成語為生活化場景，每條成語均以四格形式來解構，深入淺出，詼諧幽默，輕鬆閱讀，從字裏行間，可體會到使用成語的妙處。

　　當然，要體會到妙處，首先要理解成語的基本語義，書中專闢篇幅，通過例句來示範用法，一些成語還選用了作家筆下的經典文句，以期能以少少許勝多多許。

　　這些成語都是最常用的，是從《香港小學學習字詞表》中選取出來的，共選取了200條香港小學生必學成語，分作兩本書出版，每本各收100條。書中例句多取自本館網絡中文學習平台"階梯閱讀空間"。這個學習平台為眾多學校採用並獲香港資訊及通訊科技獎。因此，本書既可作為學校課外讀物，亦可供親子閱讀，全家同樂。

商務印書館編輯出版部

目録

1 一日千里

明白嗎？

形容進步得非常快或發展極快。

試試看！

到了今天，人類在科學技術上所取得的進展更是**一日千里**。

香港周圍的城市，這幾年發展很快，真可說是日新月異，**一日千里**。

3

2 一目了然

一眼就看得清清楚楚。事物的情況或道理明擺着,一看就能完全了解。

有了你畫的這張遊覽路線圖,所有的景點我就**一目了然**了。

這篇觀察日記寫得好,文字簡潔,描寫清晰,使人**一目了然**。

茅盾《腐蝕》:「但是我已**一目了然**。曾經混了那多年,見識過 G 和小蓉和陳胖這一流貨的我,在飯館的時候只聽那口氣,就猜到個大概了。」

4

3 一無所知

甚麼情況都不知道，或者甚麼知識都沒有。

外出旅遊，如果事前對當地的文化**一無所知**，就可能鬧出笑話。

從幼稚園開始，我一直在英文學校上學，對唐詩宋詞**一無所知**。

《紅樓夢》九十回：「那雪雁此時只打諒黛玉心中**一無所知**了，又見紫鵑不在面前，因悄悄的拉了侍書的手問道：『你前日告訴我説的甚麼王大爺給這裏寶二爺説了親，是真話麼？』」

6

天氣預報說有雨，別忘了收衣服。

曬在外面的衣服都打濕了，你怎麼不收回來。

下雨了嗎？我怎麼一無所知？

4 一絲不苟

明白嗎？

苟：不認真。連最微小的地方也認真對待。形容做事非常細心、認真。

試試看！

小磊他們的信心一點也沒有動搖，還是認認真真、**一絲不苟**地設計他們的壁報。

在總兵府，程坊對照總兵模樣，**一絲不苟**地細描細繪，畫得絲毫不差。

他衣着一向整整齊齊，每一個鈕扣都**一絲不苟**地扣着。

做事勤快，洗衣、做飯、打掃房間都一絲不苟。

你家新請的工人怎麼樣？

看來你對她很滿意呀。

是啊，除了她的脾氣比我還大以外。

5 一模一樣

明白嗎？

同一個模樣。形容完全相同，毫無差別。

試試看！

大明和小明生得**一模一樣**，同學們常常分不出誰是哥哥，誰是弟弟。

兩條小魚雖然顏色不同，但形狀**一模一樣**，好像雙生兒，互相依靠。

名人堂！

《儒林外史》五四回：「聘娘本來是認得他的，今日抬頭一看，卻見他黃着臉、禿着頭，就和前日夢裏揪他的師姑**一模一樣**，不覺就懊惱起來。」

10

6 人滿之患

明白嗎？

指因人多、地方容納不下而造成的困難。

試試看！

《清明上河圖》來香港展覽，大家都慕名而來，藝術中心內外到處是**人滿之患**。

美國加州州議會通過一項計劃，在兩年內釋放兩萬五千名囚犯，以減少監獄**人滿之患**和減輕經費不足問題。

7 力不從心

明白嗎?

從心:順從心願。心裏想做,但力量或能力達不到,心有餘而力不足。成語來源於東漢時,班超出使西域,讓西域五十多個國家歸順漢朝。皇帝封他為定遠侯,讓他駐守在西域,一待就是三十年。班超非常想家,上書皇帝,希望回鄉養老。但一等三年都沒有回音,他的妹妹班昭就給皇帝寫了一封信,說班超七十歲了,年老多病,走路還要拄枴杖。如果哪天敵人作亂,他就算有心,力量也不足以平定動亂。

試試看!

我想學圍棋,又想學中國象棋,還想學國際象棋,時間都無法分配,真是**力不從心**了。

一下發生了這麼多事情,他倒是見招拆招,不慌不忙,絲毫沒有**力不從心**的樣子。

14

8 大行其道

指某種事情或做法一時非常流行。

用木板來雕刻印刷，在唐朝已經開始，但**大行其道**還是在宋朝。

老師常常提醒不要講中式英文，但美國的一家全球語言研究所說，中式英文**大行其道**無可厚非。

16

9 大名鼎鼎

明白嗎？

鼎鼎：形容盛大的樣子。形容名氣非常大，誰都知道。

試試看！

武松成了**大名鼎鼎**的打虎英雄。

中國的這些公案小說，都以一個斷案如神的官員做主角，《包公案》的主角就是**大名鼎鼎**的宋代開封府尹包拯。

名人堂！

《官場現形記》二四回：「老人家說：『你一到京打聽人家，像他這樣**大名鼎鼎**，還怕有不曉得的。』」

18

10 大開眼界

明白嗎？

眼界：指視野。指開闊視野，增長見識。

試試看！

我高興得手舞足蹈，大叫起來：「我們很快便可以**大開眼界**了！」

瓶子就在海面上一直漂，小青蛙透過玻璃看到了很多海景：有奇形怪狀的海草，有很多連名字都説不出來的小魚，還有會發光的魚等等，這些都讓小青蛙**大開眼界**。

你暑假去上海世博會了，是嗎？

對呀，參觀了很多主題的國家館，真是大開眼界！

快讓我看看你拍的照片吧。

是拍了不少，可是回來坐車把相機弄丟了。

21

11 大街小巷

明白嗎?

大大小小的馬路和里巷。

試試看!

到了晚上，家家户户都會點上紅色的蠟燭，把**大街小巷**照得像白天一樣明亮。

每條**大街小巷**，每個人的嘴裏，見面第一句話，就是恭喜恭喜你。

名人堂!

《老殘遊記》十九回：「次日睡到巳初，方才起來，吃了早飯，搖個串鈴上街去了，**大街小巷**亂走一氣。」

12 小心翼翼

明白嗎?

形容舉動十分謹慎,一點都不敢疏忽大意,唯恐出錯。

試試看!

路上車輛很多,舅舅看不清路面情況,緊張地握着駕駛盤,盯着前方,**小心翼翼**地開着。

爸爸**小心翼翼**地從公事包裹取出一張長方形的郵票,上面的圖案是齊白石的一幅游蝦畫。

名人堂!

巴金《春》:「他默默地點了點頭,**小心翼翼**地輕輕抱起孩子,讓何嫂接過去。」

24

為甚麼你每次來我家,走路都小心翼翼的?

你家養的狗太多了。

但牠們從來不咬人。

可是地上的狗屎不少呀。

13 千方百計

形容想盡各種主意，用盡一切辦法。

他還有一副狡辯的本事，説錯了還要**千方百計**爭辯成自己是正確的。

劉備本是愛才如命的人，一旦聽説了諸葛亮，哪有不**千方百計**拜訪的道理？

26

小王的岳母來看望女兒、女婿。

這是野生水果。

不想吃。

小王千方百計討好岳母。

出去吃大餐吧？

現在不餓呢。

這是我最愛看的節目！

唉！那看電視吧。

14 亡羊補牢

明白嗎？

亡：丟失。牢：圈養牲口的圈。羊走失後，趕緊修補羊圈還來得及。比喻失誤或犯了錯誤之後，能及時補救，抓緊改正，一切都還來得及。

試試看！

有些人不注意身體保健，結果常常生病。**亡羊補牢**，改變不良的生活習慣，可以提高自身抵禦疾病的能力。

索尼遊戲造成個人資料洩露，**亡羊補牢**，盡快堵住漏洞，防止信用卡資料再洩露，才是根本解決方法。

15 井底之蛙

明白嗎？

在井底下的青蛙，只能窺見井口大小的外界。比喻眼界狹隘、見識短淺的人。

試試看！

多讀一本書，就可多了解別人的思想；多讀一本書，就可開闊視野，不會成為可憐的**井底之蛙**。

他不過是一隻坐井觀天的**井底之蛙**，能拿得出甚麼高見！

名人堂！

茅盾《霜葉紅於二月花》：「我們那時才能知道造物是何等神妙，那時才知道我們真是**井底之蛙**，平常所見，真只有一點點！」

30

16 五光十色

明白嗎?

五、十:表示數量多。形容花樣繁多,色彩繽紛。

試試看!

可是,寒號鳥卻仍然是遊遊逛逛,到處炫耀地那**五光十色**的羽毛。

在漆黑而寧靜的維多利亞港四周,豎立着一座座設計獨特的商業大廈,配合着外牆**五光十色**的霓虹燈在閃耀,組成了一幅充滿動感的圖畫。

名人堂!

老舍《二馬》:「街上的舖子全是新安上的五彩電燈,把貨物照得真是**五光十色**,都放着一股快活的光彩。」

32

今天休息，我們去看燈展吧。

彩燈五光十色，真漂亮。

你喜歡哪種顏色的燈光？

其實我是色盲。

33

17 五花八門

五花：五行陣。本來指古代作戰時長於變化的「五行」和「八門」兩種陣式。後用來比喻花樣繁多、變化多端。

結的用途很多，漸漸發展成獨特的中國手工藝，製作繩結的方法越來越多，結也變化出**五花八門**的樣子。

金魚的顏色，看來**五花八門**，實在只有三種，就是紅色、白色和黑色。

34

35

18 不了了之

明白嗎?

了:結束,完成。事情沒有做完就擱置起來不再管它,就算了結了。

試試看!

真相到底是甚麼?大家一時也無法清楚,只好就這麼不了了之。

本已商定的事,讓他這樣一攪和,竟然不了了之。

他接了一個電話,急着要走,方才的爭吵也就不了了之。

19 | 不可或缺

或：用在否定句式中，加強否定語氣。表示非常重要，一點也不能缺少。

其實科學只是一系列的事實與數據，它是一個去明白人腦如何理解這個世界的嘗試。你要把資料數據整理得足以令人腦明白，而「美」，是這個整理過程中**不可或缺**的一環。

柴米油鹽是最普通的東西，然而也是最**不可或缺**的。

38

20 不可思議

明白嗎？
原來是佛教用語，指道理神秘奧妙，不可用心思索，不能用言語評議。後來用來形容事物難以理解、無法想像。

試試看！
人會做夢，夢裏有很多**不可思議**的事會發生。

狗的眼睛固然非常銳利，但最為**不可思議**的，是牠特別的嗅覺。

《鏡花緣》以奇幻的想像，構思出栩栩如生的珍禽異獸，還有種種**不可思議**的故事。

名人堂！
朱自清《燕知草・序》：「像清河坊、城站，終日是喧闐的市聲，想起來只會頭暈罷了；居然也能引出平伯那樣悵惘的文字來，乍看真有些**不可思議**似的。」

41

21 不知不覺

明白嗎?

沒有意識到,沒有覺察到。

試試看!

不知不覺,桃園裏的桃幾乎都被孫悟空吃光了。

不知不覺,醜小鴨已經長大了,翅膀拍動的力氣也比以前大,牠已經可以飛起來了。

明白嗎?

不由得,不經意,無意之間。

試試看!

划船划到湖的中央,你能夠看到美麗的山峰和像鏡子一樣的湖水,微風一吹,湖面上會出現很多水紋,漂亮極了,你會**不知不覺**地就被這漂亮的景色迷住的。

林白霜手裏的筆,**不知不覺**就停下來了。

43

22 不知所措

措：處理。面對突發事件，不知怎麼辦才好。形容驚慌或者窘迫。

以學習數學為例，我們除了背誦公式外，還要懂得理解和分析，那麼所記下的公式才能夠準確地應用出來；否則，題目稍微變換一下，我們便會**不知所措**，無法運算了。

婆婆見他突然帶着幾位陌生人進來，一時**不知所措**。

44

阿明暗戀同事阿芳。

我有兩張電影票。

阿明激動得不知所措。

麻煩你轉給你們辦公室的阿強。

23 不計其數

計：計算。無法計算數目，形容數量極多。

日內瓦湖沼的面積有大有小，而且湖沼**不計其數**。

愛琴海在希臘和土耳其之間，是地中海東部的一個大海灣，也是著名的度假勝地，每年到愛琴海觀光的遊客**不計其數**。

46

今晚電影首映，我最喜歡的明星會到場。

你昨晚去電影首映，見到你的偶像了嗎？

電視轉播首映禮，我倒是看到一個明星。

別提了，只看到不計其數的人頭，根本沒看到明星。

啊？是我啊！

24 不約而同

明白嗎?

事先沒有商量約定,可彼此的想法、行動
卻完全一致。

試試看!

他們**不約而同**抬頭看鐘,還有半個小時就到
九點了,九點有他們愛看的電視連續劇。

三個女孩**不約而同**地想:説不定我只是別人
的一個夢。

很巧合,世界不少民族的神話都**不約而同**地
記載遠古的大洪水。

25 不堪設想

明白嗎？

堪：可以，能夠。設想：想像，推測。不能想像以後的情況。意思是預料事態發展下去，結果可能很壞或很危險。

試試看！

隊伍在一片漫無邊際的原野上找不到水源，曹操眼看隊伍行進速度越來越慢，心裏非常着急：如果不盡快走出原野，找到水源，後果就**不堪設想**。

如果季布畏罪投奔他國，興兵來同漢朝作對，後果將**不堪設想**。

如果沒有你們幫助，那麼我現在過的甚麼日子，真**不堪設想**了。

26 不勝枚舉

明白嗎？
枚：個。不能一個一個地都列舉出來。形容同一類的人或事物很多。

試試看！
細究起來，旅遊其實也是大有內涵，遠足、長途旅行、遊學、公幹、考察調查、探險、野外鍛煉，**不勝枚舉**。

歷代志怪筆記小說**不勝枚舉**，如南北朝時還有《異苑》、《述異記》、《齊諧記》等，宋代有《夷堅志》、清代有《閱微草堂筆記》等。

27 不擇手段

明白嗎？

擇：選擇。指為達到某種目的，甚麼手段都使得出。

試試看！

假如人人都為了奪取想要的東西而**不擇手段**，這個世界還有秩序嗎？

義律又**不擇手段**，派兵船阻攔其他各國船隻，進入廣州。

名人堂！

朱自清《論不滿現狀》：「這種讀書人往往**不擇手段**，只求達到目的。」

55

28 日新月異

明白嗎?

天天更新，月月不同。形容發展、進步很快，每天每月都在變化，新事物、新現象不斷出現。

試試看!

城市建設突飛猛進，**日新月異**，有歷史價值的舊樓能否保留，成了大家關注的問題。

隨着電子、網路技術的進步，手機花樣翻新，功能**日新月異**。

29 水泄不通

明白嗎？

泄：流出。連水都流不出來。形容十分擁擠，也形容包圍得嚴密。

試試看！

項羽給漢兵包圍得**水泄不通**，他打退一批，又來一批，衝出一層，還有一層，始終無法突圍。

影星出外拍攝外景，當地粉絲聞風而來，拍攝現場被趕來的大批粉絲擠得**水泄不通**。

名人堂！

葉聖陶《倪煥之》：「但門外的人並不灰心，擠得幾乎**水泄不通**，鬧嚷嚷地等待那門偶或一開，便可有一瞥的希望。」

30 毛骨悚然

明白嗎？ 悚然：驚恐的樣子。毛髮豎立，脊梁骨緊縮。形容極端驚恐害怕的樣子。

試試看！ 其實我一向並不太害怕蛇，但是這次牠突然出現在咫尺之間，外形又酷似毒蛇，着實讓我**毛骨悚然**，緊張了一陣子。

達‧芬奇獨自關在房中，天天與這些動物為伴，認真觀察、仔細研究牠們的神情動態，然後運用自己豐富的想像力，把牠們或怪或醜的特點融合起來，畫成一個令人**毛骨悚然**的怪物。

名人堂！ 茅盾《過年》：「阿唐怪聲地笑了；這笑，老趙聽了，卻**毛骨悚然**。」

60

61

31 心滿意足

明白嗎？

稱心如意，完全滿足了自己的願望。

試試看！

清晨，母親睜開眼，看見牀頭上的詩稿，**心滿意足**地笑了。

黑猩猩很喜歡吃白蟻，但牠不想用腳爪來破壞蟻洞，所以用沾了口水的細樹枝，慢慢地插進白蟻洞沾螞蟻……很長時間才**心滿意足**地扔掉樹枝，搖搖晃晃地走到樹林裏去。

你的成績能有他一半好，我就**心滿意足**了。

32 四面八方

指各個地方，或各個方面。

站在古堡上，居高臨下，可以看到**四面八方**。

到了節日的那一天，草原的人，從**四面八方**來這裏，舉行一次盛大的賽馬。

來自**四面八方**、各個部門的意見，都匯集到了他的手上。

茅盾《子夜》：「吶喊的聲音跟着來了，最初似乎人數不多，但立即**四面八方**都接應起來。」

64

聽說你在國際學校就讀？

美洲的，歐洲的，非洲的都有。

是啊，我的同學來自四面八方。

是不是還有很多外國學生？

你的英文水平一定提高很快。

我的外國同學都要求我只和他們說漢語呢。

33 四通八達

明白嗎？

通、達：暢通無阻。形容道路連通四面八方，交通非常便利順暢。

試試看！

原來荊州、洛陽一帶，在當時是全國的中心，自周朝到漢朝，常為**四通八達**的要地。

考古人員在這個古代村落驚奇地發現了一個地道網，**四通八達**。

名人堂！

鄭振鐸《桂公塘》：「鎮江是一個**四通八達**的所在。」

34 出人意料

明白嗎？

料：估計。超出人們的意想之外。

試試看！

在強勢的競爭對手面前，李明博這個窮小子
表現出了**出人意料**的機智與真誠，並最終以
微弱的優勢當選了學生會主席。

然而**出人意料**的是，父親走過來，沒有打他，
而是緊緊地擁抱住他。

本以為她的身世很複雜，沒想到卻**出人意料**
地簡單。

35 耳目一新

無論是聽到的還是看到的，都完全變了樣子，感覺十分新鮮。

小説一開頭就用擬人手法描寫一棵老榆樹，寫法使人**耳目一新**。

她剪了長髮，換成齊耳短髮，充滿活力，讓人**耳目一新**。

梁啟超《論湖南應辦之事》：「官課、師課全改，**耳目一新**，加以學政所至，提倡新學，兩管齊下，則其力量亞於變科舉者無幾矣。」

你今天這身打扮挺特別，讓人耳目一新。

剛才我穿這件衣服去面試，考官說不合適呢。

你應聘的甚麼工作？

中學教師。

你穿件短裙去應聘教師當然不合適啊！我還以為你去參加 PARTY 呢。

36 百花齊放

明白嗎?

各種各樣的花卉一齊開放，色彩紛呈，爭奇鬥艷。

試試看！

冰雪融化、**百花齊放**，這說明嚴冬已經過去，春天已經來了！

《鏡花緣》描寫天界中以百花仙子為首的一百位女神，奉武則天之令，在寒冬中使**百花齊放**。

明白嗎?

比喻不同形式和風格的作品自由發展。

試試看！

中國的文學藝術在三十年代可算是**百花齊放**，才俊輩出。

手機廠商爭奪智能手機市場，用戶似乎不關心究竟是蘋果公司獨大好，還是**百花齊放**好。

37 成千上萬

形容數量十分巨大。

當成千上萬的蝗蟲在空中飛過的時候,翅膀振動空氣,便會發出很大的聲音,同飛機飛過的聲音一樣。

成千上萬圍觀的羣眾,發出了春雷般的歡呼聲。

考古學者發現了三個規模巨大的陶兵馬俑坑,裏面有**成千上萬**陶製的車、騎、步兵俑排列成嚴整密集的戰鬥陣勢。

學校組織春遊。

小明發現樹上有個鳥窩。

小明找到一根竹竿去捅「鳥窩」。

救命啊！不是鳥窩，是蜂窩！

結果遭到成千上萬馬蜂的攻擊。

38 自言自語

明白嗎？

言、語：說話。自己跟自己說話。

試試看！

年輕的裴遼士，不聽從他的話，**自言自語**地走進閱書室裏，翻閱格魯克的樂譜。

小衛就把媽媽給他的兩塊錢付給老婆婆，老婆婆口裏**自言自語**的，沒有反應。

探險家一邊從樹上爬下來，一邊**自言自語**地說道：「這是一個教訓：弱小的團結起來，就可以戰勝強暴的敵人了。」

別去理他，他正
自言自語呢。

你看那個老伯好像
在跟我們說話。

也許他太孤
單了。我過
去陪他說句
話。

老伯，您是在
跟我說話嗎？

你是唯一主動和我說話的
孩子，為了你的善良，我
要送你一件禮物。

39 自相矛盾

明白嗎？

古代有個賣矛和盾的人，開始先誇盾牢固，甚麼武器都戳不破，一會兒，又誇說矛最銳利，能刺穿任何東西。有人問他，用你的矛來刺你的盾會如何？這個生意人無法回答。比喻言語或行動前後抵觸。

試試看！

野外遇到危險，你一會兒說應自救，一會兒又說應依靠援救，這豈非**自相矛盾**。

大家既不喜歡蔬菜上長蟲，又不喜歡蔬菜上噴灑農藥，這樣的要求是不是**自相矛盾**呢？

40 全心全意

一心一意，專心而沒有雜念。

日常生活中，無論學校的功課還是老師分配的作業，無論是演奏樂器還是體育競賽，蓋茨都會**全心全意**地，花上所有時間最出色地完成任務。

做學生，就要心無旁騖，**全心全意**地投入學習。

章魚是生長在海洋中的一種兇殘動物，但是奇怪的是，雌章魚從排卵第六天開始變得極為溫順，**全心全意**地孵化魚卵，四十多天後，一旦小章魚被孵出，這些雌章魚就會悄悄地死去。

80

41　各式各樣

明白嗎？

式、樣：形狀，樣式。指多種不同的式樣、種類或方式。

試試看！

她的雙手非常靈巧，懂得盤**各式各樣**的髮髻，手藝實在是巧奪天工。

茶室以賣茶為主，也供應**各式各樣**的小吃茶點。

假髮的歷史源遠流長，但是在英國真正流行起來則是在十七世紀，那時宮廷貴族們都戴着**各式各樣**的假髮出席社交場合。

42 各種各樣

明白嗎?

指品種和樣式豐富多樣。

試試看!

圖書館中央有小桌椅,四周全是書架,有**各種各樣**的圖書。

夏天的湖面上長滿了蘆葦,豐盛的水草吸引來了**各種各樣**的鳥兒前來覓食。

歷史上各個朝代對宰相的稱呼**各種各樣**,名目繁多。

隔壁的王太太買了一條新項鏈。

樓下李小姐的男友送她一個大鑽戒。

送你一件禮物。

鑽石？珍珠？……

明天有一個珠寶展，裏面有各種各樣的首飾。

43 名副其實

名稱或聲譽跟實際相符。

牠當然認為自己是**名副其實**的最好的歌手，於是率先對着大山鳴唱起來，清脆的樂音伴着悠揚的曲調，飄入雲端，任誰都會陶醉。

魯迅《華蓋集續編·小引》:「你要那樣，我偏要這樣是有的；偏不遵命，偏不磕頭是有的；偏要在莊嚴高尚的假面上撥它一撥也是有的，此外卻毫無甚麼大舉。**名副其實**，『雜感』而已。」

87

44 多彩多姿

彩：彩色。姿：形態。各種不同的顏色，各種不同的形態。形容豐富多樣。

世界上各個民族的遠古祖先，都經歷過這樣一個蒙昧混沌的時期，因此也同樣產生出**多彩多姿**的神話時代。

讀萬卷書，行千里路，見識多了，就會更加了解真實的生活是多麼**多彩多姿**。

88

45 守株待兔

株：樹樁。戰國時宋國有一個農民，看見一隻兔子撞在樹樁上死了。他便放下農具在那裏等候，希望再得到撞死的兔子。後以「守株待兔」比喻希求得到意外收穫的僥倖心理。也比喻墨守成規，不知道主動根據形勢變化而變化。現在常用來指等着目標自己送上門來。

政府説，通脹是要處理的當前急務，政府絕對不會**守株待兔**，會時刻監察通脹的情況，主動出擊，迅速應變。

每年這個時候，棕熊都等候在河中，**守株待兔**，等待大馬哈魚上門。

91

46 安居樂業

居：居住。業：職業。生活安定，愉快地從事自己的職業。

從此以後，百姓生活安定，逃亡外地的人紛紛返回故鄉，**安居樂業**。

從前有一個賢明的君主叫唐堯，在他的治理之下，國家太平，人們**安居樂業**，但是他總覺得自己做得不夠好，想找一個有才能的人來代替自己。

《儒林外史》第一回：「建國大明，年號洪武，鄉村人各各**安居樂業**。」

47 每況愈下

況：甚。越往下越明顯。表示情況越來越壞。也作「每下愈況」。

報紙電視上的很多評論非常膚淺，其實跟語文水準**每況愈下**大有關係，閱讀少，詞彙就少，思想也就貧乏。

芭比娃娃最近 10 年的日子一直不大好過，銷售額不但沒有增長，而且**每況愈下**，呈下跌趨勢。

48 何去何從

明白嗎？

去：離開。從：跟從。走向哪裏，跟從誰。對面臨的問題要作出抉擇與表態。

試試看！

電子閱讀、網絡閱讀越來越普遍，傳統的出版業將**何去何從**，一直是社會討論的話題。

在公司已經工作五年了，還沒有得到升遷。是去？是留？我將要**何去何從**？誰能指引我？

名人堂！

徐遲《牡丹》：「他考慮了好久，**何去何從**。台北？香港？里約熱內盧？紐約？長歎短吁了好幾個月！」

96

女兒，你按中式傳統舉行婚禮吧。

不，我要去教堂辦西式婚禮。

你們都辦西式婚禮，那傳統婚俗將何去何從？

請問這裏可以舉辦中式婚禮嗎？

當然可以，請進。

97

49 忍無可忍

明白嗎？

已經忍受了很久，再也不能忍受下去了。

試試看！

公司一再增加工作時間，那些員工**忍無可忍**，一起從公司出走。

那婆婆得寸進尺，不斷提出過分的要求，楊小姐終於**忍無可忍**，開口反駁起來。

名人堂！

老舍《四世同堂》：「她有時也**忍無可忍**的和他吵幾句嘴，不過，在事後一想，越吵嘴便相隔越遠。」

50 事半功倍

明白嗎?

只花一半的功夫,卻收到加倍的成效。形容費力小、收效大。

試試看!

聰明人喜歡動腦子,想方法,常常**事半功倍**;糊塗人懵懵懂懂,看上去很努力,卻事倍而功半。

讀課外書表面上會佔用讀課本的時間,其實是**事半功倍**,會使課本變得容易。而且課外書還比課本有趣,更容易養成閱讀的習慣。

51 | 和平共處

明白嗎?

彼此友好地相處。

試試看!

樹枝中間的空間很窄,但兩個動物卻能**和平共處**,井井有條。

老虎都是單獨生活。牠們有自己的捕食領地。閉門鎖國,**和平共處**是老虎們的外交原則。

名人堂!

季羨林《烏鴉與鴿子》:「原來印度人決不傷害任何動物,鴿子們大概從牠們的鼻祖起就對人不懷戒心,牠們習慣於同人們**和平共處**了。」

102

我家也是兩個孩子，不過他們能和平共處。

我家的兩個孩子天天打架，頭痛死了。

你怎麼做到的？

因為他們暫時還只能在我肚子裏老老實實呆着。

52 供不應求

供應不能滿足需求。

在南極，石子是非常罕有的。而企鵝的巢穴，又有很多，各個巢的主人都需要這些小石子，所以往往**供不應求**。

她的小菜種類繁多，且價廉物美，所以常常是**供不應求**。

104

105

53 金碧輝煌

金：金黃色。碧：碧綠色。輝煌：光彩奪目。形容房子、宮殿等建築物裝飾得富麗堂皇，色彩艷麗。

泰國各地都有寺廟，有的同倉庫差不多大小，十分簡樸；有的建築得**金碧輝煌**，光彩奪目；有的破舊殘污，塵垢滿目。

劉邦在咸陽看到**金碧輝煌**的宮殿和價值連城的珠寶，幾乎給迷住了。

北京故宮宮殿內**金碧輝煌**，橫樑椿柱都雕上了圖畫，圓柱上還有盤伏着的金色巨龍，再配上華麗的宮燈、精緻的傢具陳設和無數珍貴罕有的國寶，真叫人驚歎不已。

54 爭先恐後

明白嗎？

爭着向前，或搶先一步，唯恐落在後面。

試試看！

小夥伴們都**爭先恐後**地向樹上爬，爭取摘到更多的李子。

她的同伴**爭先恐後**地挑揀着，把又大又熟的果實裝進自己的籃子，而把剩下的又小又瘦的果子留給了露絲。

名人堂！

李六如《六十年的變遷》第六章：「正在下火車的清兵，被民軍打得落花流水，**爭先恐後**，從車廂窗子裏往外奔逃。」

這麼多人排隊，在搶購甚麼？

聽說碘可以抗輻射，大家在爭先恐後地搶購鹽呢。

您倒是真淡定，不買點？

八年前，我搶購了五百斤鹽，現在還沒吃完呢。

55 忿忿不平

忿忿:很生氣的樣子。覺得不公平、不公
正而非常氣憤。

在場的大臣都為呂蒙正**忿忿不平**,要求呂蒙
正查問這個人的姓名和他在朝中的官職,以
便日後有機會向那人報復。

社會上貧富不均,分配不公,年輕人難有出
頭之日,說起這些現象,他時常**忿忿不平**。

李生當副經理這麼多年，為甚麼不升他做經理，真讓人生氣！

李生都沒說甚麼，你為甚麼這樣忿忿不平？

李生當不成經理，我也就升不成副經理啊！

56 狐假虎威

明白嗎?

老虎捉了一隻狐狸，狐狸假稱是上天派來管理百獸的，如果老虎膽敢吃牠，就是違背天帝的命令。老虎跟在狐狸後面走，發現百獸都紛紛逃跑。老虎不知道百獸其實是怕自己，還以為百獸真的怕狐狸。比喻倚仗別人的威勢欺壓人。

試試看!

這幾個大臣幾年來**狐假虎威**，執掌朝政，樹敵甚多。

靠着祖父的勢力，一家大小都**狐假虎威**，膽大妄為。

112

我朋友的爸爸是公司的董事，你們都要聽我的。

他狐假虎威慣了，大家都不要理他！

要當心他在上司面前說你的壞話。

你朋友的爸爸當然懂事，你甚麼時候才能懂事啊。

57 夜以繼日

明白嗎？
繼：繼續。夜晚接上白天。形容白天黑夜不停止。

試試看！
從此以後，柳公權**夜以繼日**地勤學苦練，終於使自己的字達到爐火純青的程度，成為一代書法大家。

蔡東藩先生**夜以繼日**，寫作不停手，陸續寫成中國歷代通俗演義十一部。

你吃飯都打瞌睡，昨晚沒休息好？

是啊，我都兩個晚上沒睡覺啦。

你工作起來真拼命，*夜以繼日*。

不是，世界盃直播正趕上半夜，熬夜看球啦。

58 指鹿為馬

明白嗎?

秦國丞相趙高想篡位，想試探各位大臣的意願，便牽了頭鹿獻給秦二世，並說那是馬。秦二世不信，趙高便乘機問各位大臣。怕趙高的大臣都說是馬，而反對趙高的人則說是鹿。事後趙高把說鹿的人都殺了。喻指故意歪曲事實，顛倒是非。

試試看!

歷史故事是真的，還是假的，那可要看是誰寫的了，有些故事是假的，不是被篡改過，就是**指鹿為馬**，把黑的說成白的。

倒黑為白，**指鹿為馬**，是包藏禍心的人慣用的伎倆。

116

59 風馳電掣

像颱風和閃電一樣來去迅速。形容速度極快。

聽說他受傷了，老師馬上披起長衫，**風馳電掣**般奔往月池塘。

高速鐵路發展得越來越快，速度達到一小時三百五十公里，坐在車裏就能體會到**風馳電掣**的感覺。

前兩天，到博物館參觀，看到有人表演寫書法，寫起草書來，動作極快，真是**風馳電掣**。

60 美中不足

明白嗎？

指事物總體雖好，但還有一點不夠完美的地方。

試試看！

林家夫妻生活相當快樂美滿，惟一**美中不足**的是，他們膝下只有五個女兒，沒有一個男孩。

世間事十全十美的極少，**美中不足**才是常態。但人們往往還是追求事物的圓滿與完美。

名人堂！

周瘦鵑《花木叢中》：「南方的梨以碭山為美，甜甜的沒有一些酸，可是肉質稍粗，未免**美中不足**。」

你和阿麗見過幾次面了，感覺怎麼樣？

挺滿意，美中不足的是她不肯穿高跟鞋。

阿麗，你約會的時候為甚麼只穿平跟鞋？

小王比我矮，我怕穿上高跟鞋後他會自卑啊！

61 前所未有

明白嗎？

以前從來沒有過。

試試看！

太陽剛剛從山後面出來，它帶來的溫暖和早晨的涼爽混在一起，讓人感覺到一種**前所未有**過的甜美。

他建造了三座極盡華麗的樓閣，用沉香、檀香木作材料，用金玉、珠翠作裝飾，金碧輝煌，**前所未有**。

這種花很喜歡酒，用酒澆它，就開得越發茂盛，成了**前所未有**的菊花名種呢！

62 津津有味

明白嗎？

津津：興趣濃厚的樣子。形容興味濃厚。

試試看！

上星期我去表哥家，他正在讀格林童話集，讀得**津津有味**。

王羲之在全神貫注寫字的時候，竟然把饅頭伸到硯台上，沾着墨汁大口大口地吃，吃得**津津有味**呢。

名人堂！

朱自清《論百讀不厭》：「這些作品讀起來**津津有味**，重讀，屢讀也不膩味，所以説『不厭』。」

124

63 突如其來

明白嗎？

如：……的樣子。忽然來臨；突然發生。

試試看！

正在玩得興起的孩子們被這**突如其來**的聲音嚇到了，一個個像兔子一樣逃出了花園。

誰料，這隻平常還老實的黑猩猩吃飽後，卻突然一巴掌把飼養員推倒在地上。**突如其來**的襲擊，把飼養員嚇壞了。

名人堂！

朱自清《經典常談・辭賦第十一》：「這中間變遷的軌跡，我們還能找到一些。總之，決不是**突如其來**的。」

64 破釜沉舟

明白嗎？

釜：鍋。項羽跟秦軍作戰，渡過黃河後命令士兵把渡船都鑿沉，把飯鍋都打破，只帶夠三天吃的糧食，表示不打贏決不生還。後用來比喻自斷退路，下決心幹到底。

試試看！

一個秦國的將軍聽說項羽**破釜沉舟**，暗笑他不懂兵法，連退路都不給自己留一條。

這個賽季，球隊一開始就連輸三場，球隊老闆乾脆**破釜沉舟**，連續撤換教練和隊員，現在看來已經有了成效。

65 時時刻刻

明白嗎？

每時每刻，表示長久不間斷。

試試看！

肺**時時刻刻**都需要空氣，吸進新鮮的，呼出渾濁的。

原來人身上**時時刻刻**在消耗水，既然消耗了，這些小水點從哪兒來的？

名人堂！

巴金《家》：「我願意一輩子在公館裏頭服侍你，做你的丫頭，**時時刻刻**在你的身邊。」

66 息息相關

明白嗎?

息:呼吸的氣息。呼吸相連,比喻關係或聯繫非常緊密。

試試看!

身體健康的程度與心理因素**息息相關**,面臨考試,學生要及時調整自己的心理狀態。

水是生命之源,保護與我們生活**息息相關**的水資源,應該成為大家的共同責任。

目光遠大,目標明確的人往往非常自信,而自信與人生的成敗**息息相關**。

水管爆了，趕緊報修。

誰亂丟垃圾？等一下，我扔到垃圾箱去。

這又不是你家，關你甚麼事！

環境跟我們息息相關，保護環境從我做起。

67 鬼鬼祟祟

形容躲躲閃閃,做事偷偷摸摸,不光明正大。

張三趁夜色正濃時,去他家屋後的牆腳處,挖了一個坑,把那箱銀子埋在地下。沒想到他**鬼鬼祟祟**的神態,全被隔壁王二看在眼裏。

幾個穿黑衣的人在街角**鬼鬼祟祟**遊蕩,見有人走過來,一下子就躲了起來。

曹雪芹《紅樓夢》第三十一回:「別教我替你們害臊了,便是你們**鬼鬼祟祟**幹的那事兒,也瞞不過我去。」

135

68 胸有成竹

明白嗎?

在下手畫竹子之前，心中早已經有了竹子的樣子。比喻做事之前已有成熟的想法和周密的計劃，有成功的把握。

試試看!

電影導演拍故事片，也是要**胸有成竹**，心中有一個全盤的考慮。

華佗好像**胸有成竹**，大聲說：「不用我猜，你的病從臉上都能看得出來！」

137

69 討價還價

明白嗎?

討價：賣方提出要價。還價：買方嫌價高而說出願意支付的價錢。買賣雙方計較價錢。

試試看！

由於不熟悉房價情況，一般人不知道如何**討價還價**。如果掌握一些技巧，多了解一些行情，還價是有一定空間的。

明白嗎?

比喻談判的雙方反覆爭議得失，或接受任務時計較條件。

試試看！

經過幾輪**討價還價**，僱主終於同意按略高於最低工資的時薪支付工錢。

名人堂！

徐鑄成《舊聞雜憶續篇‧王瑚的詼諧》：「他們大概在兩面看風色，兩面**討價還價**，待善價而賈。」

70 浩浩蕩蕩

明白嗎?

浩浩：水勢盛大的樣子。蕩蕩：廣大。形容水勢浩大壯闊。

試試看!

這時正是深秋時節，長江上波濤澎湃，三峽水流湍急，飛瀉直下，**浩浩蕩蕩**，險惡可怖。

黃河之水**浩浩蕩蕩**，奔騰不息。

明白嗎?

形容氣勢、規模宏大。

試試看!

公元一一三四年夏天，岳飛帶領大軍，**浩浩蕩蕩**地出發了。

遊行隊伍**浩浩蕩蕩**，旗幟飄揚，走向金葵花廣場。

141

71 家喻戶曉

喻:明白。曉:知道。家家户户都明白,
人人都知道。

八仙是**家喻戶曉**的民間俗神,他們是鐵枴
李、鍾離權、藍采和、張果老、何仙姑、呂
洞賓、韓湘子、曹國舅。

金字塔、獅身人面像是**家喻戶曉**的歷史文化
遺跡。

美國總統林肯,是一個**家喻戶曉**的人物,他
能夠當上美國的總統,與從小刻苦勤學有很
大的關係。

這不是大明星嗎?
請給我簽個名吧。

我才演了一部戲,你就認識我?

你的名字現在已經是家喻戶曉啦!

不是,因為你被評為「演技最差獎」。

你們真覺得我演得好?

72 紙上談兵

明白嗎？

戰國時趙國名將趙奢的兒子趙括，熟讀兵書，談兵論戰頭頭是道，但趙奢卻很擔憂，他知道趙括沒有實際的用兵經驗，平時所說的全部是兵書上的計謀，如果讓他帶兵打仗，肯定會輸。趙括後來率四十萬大軍與秦國作戰，果然全軍覆沒。比喻空談理論、空發議論，卻不會解決實際問題。

試試看！

一些遊戲需要排兵佈陣，學習有效使用兵力和資源。可惜這樣的遊戲多數是**紙上談兵**，對實際處理問題幫助不大。

學者天天開會探討抑制物價，可是物價天天猛漲，他們是不是在是**紙上談兵**啊。

名人堂！

老舍《四世同堂》：「書生只喜歡**紙上談兵**，只說而不去實行。」

我認為路邊應該種植胡楊樹，古樸大方。

我認為應該多種蘋果樹，既漂亮又實用。

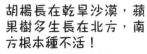

胡楊長在乾旱沙漠，蘋果樹多生長在北方，南方根本種不活！

為甚麼？

你們的建議都不實際，全是紙上談兵。

73 接二連三

明白嗎？

一個接着一個，連續不斷。

試試看！

這些氣體把火山口的冰塊**接二連三**地拋到了空中。

店舖**接二連三**地中彈着火，像要把那一條街燒成火焰山似的。

宋高宗**接二連三**派出使者，向金國求和。

名人堂！

曹雪芹《紅樓夢》第九十九回：「家中事情**接二連三**，也無暇及此。」

74 專心致志

明白嗎？

一心一意，聚精會神。

試試看！

王羲之是東晉的書法家，他練起字來總是**專心致志**，常常忘記了飢渴，忘記了疲乏。

司馬遷灰心失望極了，只能發憤努力，在獄中**專心致志**寫他的書，希圖留名後世。

兒子呢？

在房間學習，幾小時都沒出來。

兒子這麼專心致志地學習，給他送碗糖水。

你居然是這樣專心致志！

75 眼花繚亂

明白嗎?

紛亂斑斕的色彩、美麗耀眼的人或雜陳的物品等，叫人看得恍惚迷離。

試試看!

地上的奇珍異寶使他**眼花繚亂**，眼睛都直了，他驚喜異常，頓時覺得身子輕鬆起來，病一下子好了！

明白嗎?

見到繁多的事物，碰見讓人驚奇的事物，一下子辨識不清，或者感到暈頭暈腦。

試試看!

秦媽媽想起往日那些錯綜複雜的家族矛盾，使人**眼花繚亂**。

名人堂!

魯迅《故事新編·理水》:「艙裏鋪着熊皮、豹皮，還掛着幾副弩箭，擺着許多瓶罐，弄得他**眼花繚亂**。」

76 異口同聲

明白嗎？

不同的人說同樣的話。形容意見相同或看法完全一致。

試試看！

「摔着哪兒了？」爸爸媽媽幾乎同時扔下手裏的東西跑過來，**異口同聲**地問，又一左一右地扶起兒子。

明明是鹿，趙高的親信和那些為了討好趙高的臣子們卻**異口同聲**地說：「是馬。是馬呀！」

放學回家，奇怪，仍不見媽媽，卻見爸爸繫着圍裙在廚房裏忙着，我和妹妹**異口同聲**問道：「媽媽去哪裏了？」

爸爸太兇了，我一犯錯就要受罰！

爸爸太懶了，從來沒有送過我上學。

那媽媽給你們換一個爸爸好不好？

男孩和女孩異口同聲

不要，還是自己的爸爸最好。

77 異軍突起

異軍：另外一支軍隊。突：突然。另一支軍隊突然出現。比喻新的勢力或派別突然興起，獨樹一幟。

他的畫看上去很幼稚，誰也沒想到後來他能**異軍突起**，名噪畫壇，自成一個派別。

比賽中，一位名不見經傳的歌手**異軍突起**，無可爭議地拿走了新秀組冠軍。

微博在網站競爭中**異軍突起**，一下子全民風行。

78 眾所周知

明白嗎？

周：普遍。大家全都知道。

試試看！

明星的魅力是**眾所周知**，人所公認的，只是報了個歌名，就贏得了一陣掌聲。

眾所周知，吸煙有害健康。可為甚麼還有那麼多煙民照吸不誤呢？難道他們不清楚香煙的危害？

79 深入淺出

用淺近易懂的措辭，表達豐富的內容和深刻的道理。

莫老師能**深入淺出**，而且又能以日常生活的例子作佐證，使我們上國文課毫不覺得枯燥，而且還覺得津津有味。

這本書容易讀，講的全都是名人故事，作者結合人物**深入淺出**地告訴了我們很多人生的哲理。

編劇很厲害，既會把簡單的道理寫得十分複雜，又會把複雜的道理寫得**深入淺出**。

80 密密麻麻

形容小的東西又多又密集。

她拿起卡片一看，見到裏面簽滿了**密密麻麻**的名字，原來是同學們送的一張問候卡。

水面本來**密密麻麻**的都是船隻，現在卻空得只見一片波光粼粼了。

在**密密麻麻**的樹枝上掛着許多金黃色的橘子，遠看就像一片綠色的絨布上擺放着一顆顆的黃寶石。

81 喜聞樂見

明白嗎？

喜歡聽，樂意看。指很受歡迎。

試試看！

布袋和尚因其富態、喜慶、健康、平和的容貌而成為民間**喜聞樂見**的彌勒形象，常被供奉在寺院內的天王殿中，接受信徒的膜拜。

粵劇過去一直是粵語區內普羅大眾所**喜聞樂見**的劇種。

163

82 無家可歸

明白嗎?

沒有自己的家,又無處投奔,找不到安身的地方。

試試看!

他發起組織 SOS 兒童村,專門救助**無家可歸**的兒童。

村莊被壓在山底下,大家都**無家可歸**了。

名人堂!

巴金《談〈家〉》:「沒有臉再見他的妻兒,就做了一個**無家可歸**的流浪人。」

83 無能為力

沒有能力解決問題或完成某件事。

他雖盡力幫了很多兒童入學,但對改善學校條件卻**無能為力**。

即使他們有一份管理家族的誠心,可是身老體衰,**無能為力**了。

太遲了,大王你病得很厲害,已經進入了膏肓,這是藥力所無法到達的地方,我實在是**無能為力**了。

巴金《春》:「藥量已經多得不能再多,也只有片刻的效力,可見藥已經**無能為力**了。」

167

84 無動於衷

明白嗎？

內心沒有受到觸動，毫不在意、漠不關心。

試試看！

還有人發現，如果給豆科植物播放好聽的歌曲，植物的枝葉會隨着樂曲輕輕搖擺，而給它們聽噪音，它們就會**無動於衷**，一動不動。

可是周成王並沒有理解周公的苦心，依然**無動於衷**。

名人堂！

老舍《不成問題的問題》：「神聖的抗戰，死了那麼多的人，流了那麼多的血，他都**無動於衷**。」

85 無微不至

明白嗎?

每一個細小的地方都考慮到了。形容十分細心或體貼入微。

試試看!

弟弟在全家**無微不至**的照料下,長成一個強壯的小伙子。

在我有困難的時候,老師總是給我幫助,那**無微不至**的照顧,讓我感到家的溫暖。

170

86 畫蛇添足

明白嗎？

戰國時期楚國有個貴族，把一壺酒賞給手下人喝，但酒不夠分。手下人商定：大家在地上畫一條蛇，誰先畫好誰喝酒。有一個人先畫好了，又給蛇畫腳。這時另一個人也把蛇畫好，奪過酒說：「蛇本來沒有腳，你怎麼給牠多畫呢？」說完就把酒喝了。比喻做多餘的事，反而弄巧成拙。

試試看！

寫作文的時候使用比喻，可以增加文章的形象性，但如果比喻運用不當，便會**畫蛇添足**，事與願違。

到風景區本來就是要回歸自然，但湖邊華而不實的燈飾非但不能錦上添花，反而**畫蛇添足**。

172

87 想方設法

想盡各種方法。

只要他聽到哪裏有好的品種，一定**想方設法**把它買到手，即使是相隔千里，也不怕路途遙遠。

窮鄉村的孩子，小小年紀就得**想方設法**，找個事情做，來養家糊口。

88 愚公移山

明白嗎？

古代有位被稱為愚公的老人，年近九十，率領子孫立志要鏟除家門前擋路的太行、王屋兩座大山，一個叫智叟的老人認為他們的想法很愚蠢。愚公卻說：只要子子孫孫挖山不止，終能將兩座大山除掉。後用「愚公移山」比喻做事有堅韌不拔的毅力和堅持不懈的精神。

試試看！

一個地方的人有一個地方的習慣，要想改造風俗，那就是想**愚公移山**，不知花多少年了。

要想把這任務完成，要花好幾年的時間，我們非得有**愚公移山**的精神才行。

89 意在言外

語言十分委婉、含蓄，真實的意思沒有直接説出來，需要在文辭、語言之外體會。

剛進商場，他就開始説起同學的書包來，上面的圖案是憤怒的小鳥。爸爸知道他**意在言外**，也想要一個有那樣圖案的書包。

馬克‧吐溫曾批評一個鄉紳的作品是糟蹋文學，結果被關進牛棚。後來，這個鄉紳又請馬克‧吐溫看看他新的作品，馬克‧吐溫看了兩眼，**意在言外**地説：「請您把我關到牛棚！」

90 源源不絕

明白嗎？

形容連續不斷的樣子。

試試看！

河流常年不斷流，保證了水電站正常運行，提供源源不絕的能源。

只要新客戶源源不絕，生意自然興旺，不用發愁資金不足。

91 滔滔不絕

滔滔：流水滾滾的樣子。形容流水、淚水
等連續不斷地流。

滔滔不絕的雅魯藏布江訴說着歷史的滄桑。

聽到這個不幸的消息，她頓時淚下如雨，**滔
滔不絕**。

形容話語多。今多形容人善於言辭。

他沒有被老師的怒氣嚇倒，依然**滔滔不絕**地
陳述自己的意見。

平日他少言寡語，這次旅行回來，卻興奮得
滔滔不絕地大談觀感。

183

92 輕描淡寫

明白嗎?
原指畫畫時用淺淺的色彩輕輕地描繪。後形容説話或寫文章時對某事情有意淡化,只輕輕地帶過。

試試看!
馮道慢慢地伸出右腳,用手拍了拍漂亮的靴子,**輕描淡寫**地説:「不貴。三千塊錢。」

聽他匯報工作,講到自己的功勞就濃墨重彩,説到自己的缺點就**輕描淡寫**。

我要和華仔結婚，他真的很喜歡我。

這麼大的事，你還輕描淡寫，你從哪裏能看出來他喜歡你？

每次走近他，我都聽見他心怦怦跳。

當初你爸爸也是怦怦亂跳，後來發現他喜歡帶懷錶。

93 緊鑼密鼓

明白嗎？

戲劇開場前連續不斷的快節奏的鑼鼓聲，也指敲鑼打鼓以配合戲中人物活動或劇情。

試試看！

在**緊鑼密鼓**聲中，武生出場，一溜騰躍高翻的斤斗，贏得全場喝彩。

明白嗎？

比喻事情正式進行前，或者事物正式推出前，緊張進行工作準備。

試試看！

「九一一」事件之後，歐美多國開始**緊鑼密鼓**地部署反恐。

不過她並不滿足於這個成績，而是**緊鑼密鼓**地為挑戰下一個目標做準備。

盡忠職守

盡忠：竭盡忠誠。職守：本職工作。

婁將軍守衛邊境多年，一向**盡忠職守**，從沒有出甚麼差錯。

公務人員必須廉潔奉公，**盡忠職守**，對政府和人民負責。

188

你看，那邊路口有個交通警察在冒雨值勤呢。

是啊，他在大雨中也一動不動，真是盡忠職守！

我們過去給他送把雨傘吧。

咦！原來不是真人，只是個雕塑！

95 興致勃勃

勃勃：精神旺盛或慾望強烈的樣子。形容興趣濃厚、精神十足。

大人們在做木工時，他總是**興致勃勃**地站在一旁觀看，之後就找來木頭和工具，模仿着大人的樣子做。

他**興致勃勃**地收拾行李，馬上隨同那客人到了南京。

談得**興致勃勃**，我們幾乎飯都忘記吃了。

李教授的歷史課枯燥無味，同學們聽得昏昏欲睡。

今天的歷史課真精彩，大家都聽得興致勃勃。

你不是一聽李教授的課就想睡覺嗎？

今天李教授生病了，給我們上課的是張教授。

96 興高采烈

明白嗎？

興致勃發，情緒高漲。

試試看！

放榜之後，他**興高采烈**地跑去買了一台電腦，擺在房間裏。

他見店主在面貌和體格上都酷像自己，便**興高采烈**地坐下跟店主聊了起來。

名人堂！

巴金《寒夜》：「大家在燈光明亮的廳子裏**興高采烈**地談笑。」

97 錯綜複雜

明白嗎?

形容事物間互有關聯，互相交錯，互相摻雜，頭緒紛亂。

試試看!

希臘天神不但喜歡左右人類，神族內部關係也**錯綜複雜**。

初到公司就職的她，被**錯綜複雜**的人際關係，弄得像在薄冰上行走一樣，戰戰兢兢。

名人堂!

秦牧《河汉錯綜》:「不管形式上怎樣**錯綜複雜**，變化詭奇，實際上總有一個基本的道理貫穿其間。」

98 獨一無二

明白嗎？

唯一的，沒有相同的；沒有可與之相比的。

試試看！

大家都希望自己的名字是**獨一無二**的，可是同名同姓的情況偏偏常常出現，那怎麼辦呢？

威尼斯是世上**獨一無二**的水上城市，城內歷史古跡比比皆是，韻味十足。

名人堂！

鄒韜奮《患難餘生記》：「他的寡母就只有這一個**獨一無二**的愛子。」

99 應有盡有

應該有的全都有了。形容非常齊全。

大型商場遍佈全港，各地進口的商品**應有盡有**，而且價格便宜，吸引大批遊客來港消費。

還有些攤子是賣水果的，種類**應有盡有**，其中有一些水果是我從未見過的呢。

100 變化多端

明白嗎？

發生多種多樣的變化，沒有定準。

試試看！

《西遊記》中的齊天大聖孫悟空神通廣大，**變化多端**。

這時候的晚霞色彩**變化多端**，一會紅通通，一會金燦燦，一會半紫半黃，一會半灰半白。

名人堂！

老舍《貓》：「牠還會豐富多腔地叫喚，長短不同，粗細各異，**變化多端**，力避單調。」

200